流 浪
LIU LANG

李诗雪 著

北方文艺出版社
·哈尔滨·

图书在版编目（CIP）数据

流浪 / 李诗雪著 . -- 哈尔滨：北方文艺出版社，2024.4
ISBN 978-7-5317-6187-7

Ⅰ . ①流… Ⅱ . ①李… Ⅲ . ①诗集－中国－当代 Ⅳ . ① I227

中国国家版本馆 CIP 数据核字（2024）第 077897 号

流　浪
LIULANG

作　　　者 / 李诗雪			
责任编辑 / 宋雪微		封面设计 / 金鼎博文	
出版发行 / 北方文艺出版社		邮　　编 / 150008	
发行电话 / （0451）86825533		经　　销 / 新华书店	
地　　址 / 哈尔滨市南岗区宣庆小区 1 号楼		网　　址 / www.bfwy.com	
印　　刷 / 三河市华东印刷有限公司		开　　本 / 880mm×1230mm 1/32	
字　　数 / 27 千		印　　张 / 3.5	
版　　次 / 2024 年 4 月第 1 版		印　　次 / 2024 年 4 月第 1 次印刷	
书　　号 / ISBN 978-7-5317-6187-7		定　　价 / 45.00 元	

目录

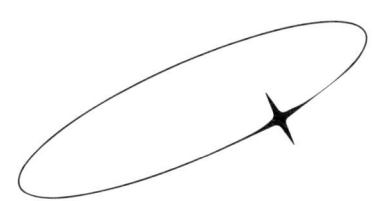

自　由 / 001

流　浪 / 002

菩　提 / 003

热 / 004

名为爱 / 005

吃　掉 / 006

旅　行 / 007

触　感 / 008

烟　火 / 009

历　史 / 010

你敲门了吗 / 011

不会游泳的鱼 / 012

长在心上的眼睛 / 013

如果来人间是一场误触 / 014

以命运的视角 / 015

对我说 / 016

冰　雪 / 017

新　生 / 018

罪 / 019

冷　潮 / 020

溺　水 / 021

悄悄话 / 022

新　舟 / 023

新希望 / 024

等　待 / 025

盼 / 026

抓不住 / 027

酒精过敏 / 028

触 / 029

味　道 / 030

秘　密 / 031

游　戏 / 032

敲　碎 / 033

走　过 / 034

梦　境 / 035

艺　术 / 036

透　明 / 037

稻 / 038

浪　漫 / 039

元　素 / 040

生　命 / 041

双相情感障碍 / 042

抑郁症 / 043

焦虑症 / 044

滴答答 / 045

月　亮 / 046

抗　拒 / 047

造梦者 / 048

梦在垃圾场的角落 / 049

熟　悉 / 050

蓝　图 / 051

诞　生 / 052

请爱我 / 053

逃　离 / 054

凝　聚 / 055

我失去了这次盛大的逃亡 / 056

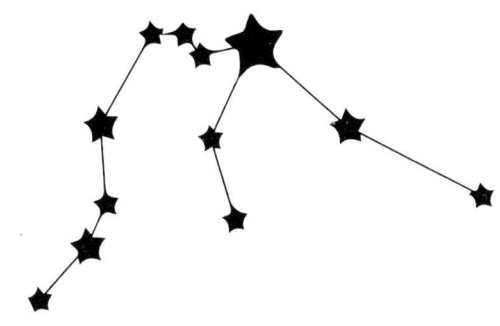

梦　想 / 057

数　字 / 058

平　庸 / 059

种月亮 / 060

炽　热 / 061

流　浪 / 062

诗　人 / 063

悲　泣 / 064

墓志铭 / 065

孤　独 / 066

弧　度 / 067

纯　粹 / 068

离　开 / 069

未　知 / 070

比生命还珍贵的 / 071

祈　祷 / 072

水　母 / 073

净　土 / 074

如果真的有光 / 075

猫　咪 / 076

狗　狗 / 077

轮　椅 / 078

落　叶 / 079

藏秘密 / 080

滚烫的年轻人 / 081

隔　代 / 082

那不是一场暴雨 / 083

牵　手 / 084

星　海 / 085

回　归 / 086

流　言 / 087

告诉我 / 088

独自离开 / 089

遗　憾 / 090

少　女 / 091

少　年 / 092

如果时光有颜色 / 093

背景音乐 / 094

脆　弱 / 095

渡　鸦 / 096

坚　强 / 097

被定义成疯子 / 098

无法定义 / 099

自　己 / 100

编　织 / 101

自由

如果明天宇宙就爆炸

我一定会数着流逝的每一秒

将意识从肉体中抽离

抽离所有的触感

不安 恐惧 对未知的茫然

以及所有的负面情绪

我会让爱无限蔓延

蔓延到每一粒光尘

在轻盈的光尘下

造访不曾仔细观察过的世界

小到泥土的构成

去听破土而出的每一株植物呼吸

去真正理解　不畏惧死亡

如果明天宇宙就爆炸

我会用尽全力地呼吸

与不能够被驱逐的自由的意识一起

流浪

我想要抓住手中的太阳

我舍不得她每一丝的光明

让我能够无尽地温暖想象

太阳却说她想要流浪

于是我放走了太阳

来了星星和月亮

菩提

结束是新生的诞生

一瞬是永久的碎片组成

若将菩提切碎

丢掉我并不执着的幻象

那么 我是否能遇到

可以跟我并肩的战士？

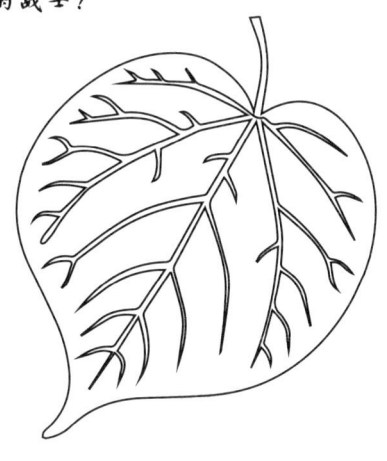

热

让白云

弥补我丢失的遗憾

揉进我所有的情绪

告诉我不用戴着面具

随着风的穿梭

烈日的烤灼

我也应当

如同小雀

捕捉光与影

填补所有生命的罅隙

告诉我

名为爱

爱是静默

是孤单的宇宙

是无限的游走

吃掉

花吃掉了海洋

霞吞掉了天空

云在飘荡

未知的你

吃掉了我的心脏

让我浮在无人的海上

旅行

想变成潮湿的雾气

存在于清晨被小虫亲吻过的露水里

被风吹动的时候

去包裹流水的波光潋滟

在山川中穿梭

在河流里沉没

用绘成的每一场星河

为每一个旅人编织一场场透明的的梦境

这是雾的夜语

这是自由的初始

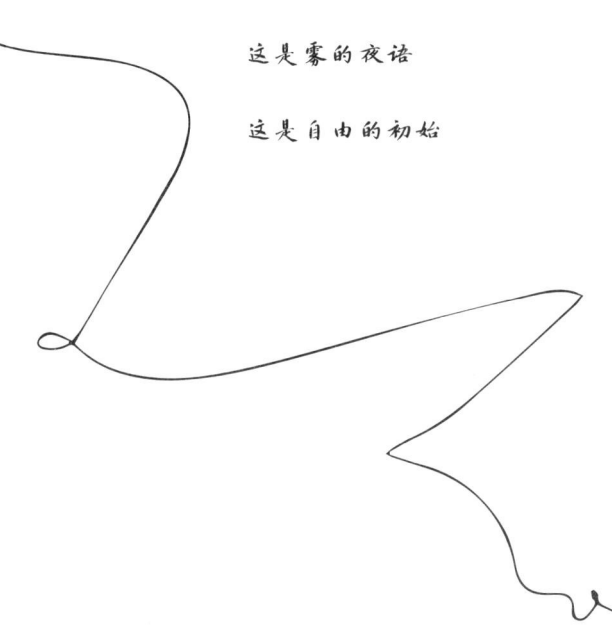

触感

冰冷的大衣

静立在冷漠的夜里

光线穿透阴影

月色迷离地躲在缝隙

触感是一双虚无的眼睛

带来点点的星

它来了

不肯离去

烟火

生命是一场烟火

它在宇宙缔结晨星

在湮没中寂灭

又在下一场花开中盛开

爱的人拿着希望的种子

越过黑色的山巅

颂歌不被号角所吹响

藏在岁月的杯底

希望在一次次谈话中出席

黑色的人与白色的人

不停地在博弈

明天又是怎样的无题

烟火不过是一场游戏

历史

所有过去湮没在一个冰世纪

片段融于万千银河里

过去早已过去

未来亟待开启

岁月在沉浮的土地

歌者还待欢庆的笑语

一切都是岁月的斡旋

历史

挥向时间

是把锋利的刀子

你敲门了吗

少年留下了惊人的宇宙

所有的真理幻灭于宇宙

真理叩开了永恒的大门

门外的世界离奇打开

音符跃动于黑白的配色

不会游泳的鱼

一条银色的游鱼

它没有眼睛

大海的水深不见底

它随着水流去呼吸

冰冷的海水带它通向未知的目的地

它用每块银色的鳞片去"闻"天空的气息

它习惯在海底倾听咸咸的海风拍打礁石的声音

它在阻力中穿行谱写一个个使命

这是一条小小的银色的鱼

它没有眼睛

它为每一次月光穿透海底的光明而欢欣

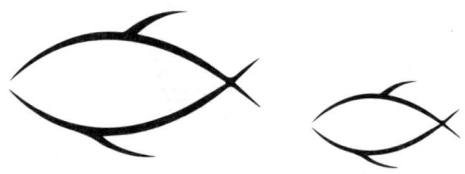

长在心上的眼睛

出生便是赤裸的

随着一声声啼哭

走在长满尖刺的人间

若我不想再体味这喜怒哀乐

去经历一场场悲欢离合

若能呼唤

如果真的有奇迹

那请你赐予我勇气吧

让我忘却那双充满悲伤的眼睛

如果来人间是一场误触

如果来人间是一场误触

眼泪只是我对大地的思慕

痛苦升腾在无尽的云朵上

如果来人间是一场误触

我想飞速地自由地无穷地生长

用尽一切不可描述的语言及想象

如果来人间是一场误触

这次我想

就平静地晒晒太阳

以命运的视角

赐给你无穷的自由

赐给你无尽枯燥的年月

赐给你从来没有背景音乐的平淡

赐给你无数次暗夜

赐给你痛苦与仓皇

赐给你逃避与懦弱

赐给你孤独与自我

一天天 一年年

赐给你一个人的小世界

赐给你那般的悲伤

最后

赐给你心口佳疴

赐给你沉稳、强大与不必浪漫

赐给你终于懂得

除了死全部都是小事

最后又赐给你

回归原始的本真

如同孩童般自由自在

对我说

路灯暖了　橙色如同橘子

光是规范的玫色子

永远地明亮着

它与圆月呼应着

伫立在早上的寒风中

光芒在风的呼吸里游荡

太快埋葬的小秘密

不明白的心还在等待

车轮踩着路灯的影子

圆月你全部照进来

对我说这虔诚至极的告白

冰雪

我数着半透明白色粒子

降临的是纯白的精灵

我将雪轻轻放在掌心

疼痛却在一瞬间将我淹没

这是冰雪的眼泪

留下的是发红的手掌

这是冰雪

它学会了哀伤

将喜和乐散播给沉睡的大地

等待来年春天的光芒

新生

春复苏了充满生机的浪漫幻象

于夏的灼热气息里氤氲

留下烟雾种子在秋的浪漫里满溢

自由的生命选择在冬的冰雪中沉睡

铆足力量等待来年的绽放

新生的元素里面有繁星落到海洋

白云与微风

和夜晚的月亮

以几十万亿细胞

在86400秒的时间里

看到日出的灿烂

温柔落在落日的眸光

澄净孕育在盎然的生机里

可能这便是新生的意义

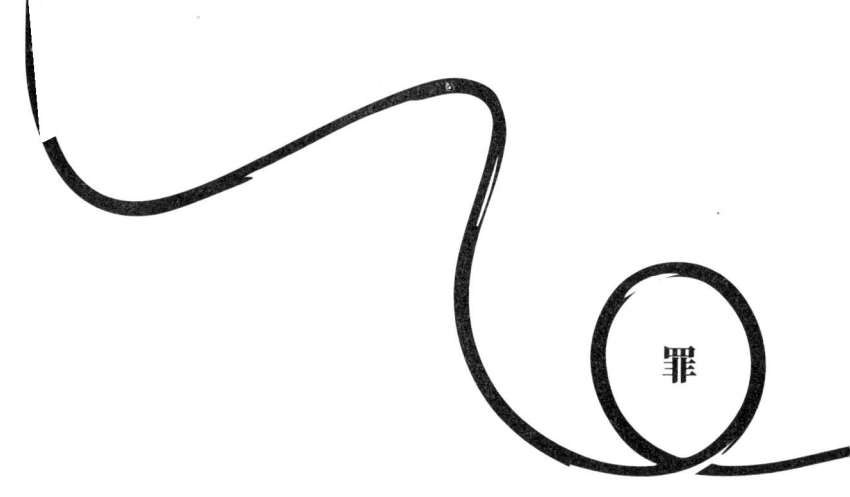

罪

谁能

用爱去触碰

那被层层尖刺防御着的柔软的躯壳

被藤蔓裹住的心脏

在反复的情绪里游走

眼泪留下一道道透明的伤口

所有的回忆都无法停留

想要自由　需要学会先放手

冷潮

若经过一场场袭来的冷潮

在荒漠中寻找迷失的自己

我丢掉了一直束缚我的羽衣

将其用大焰焚烧

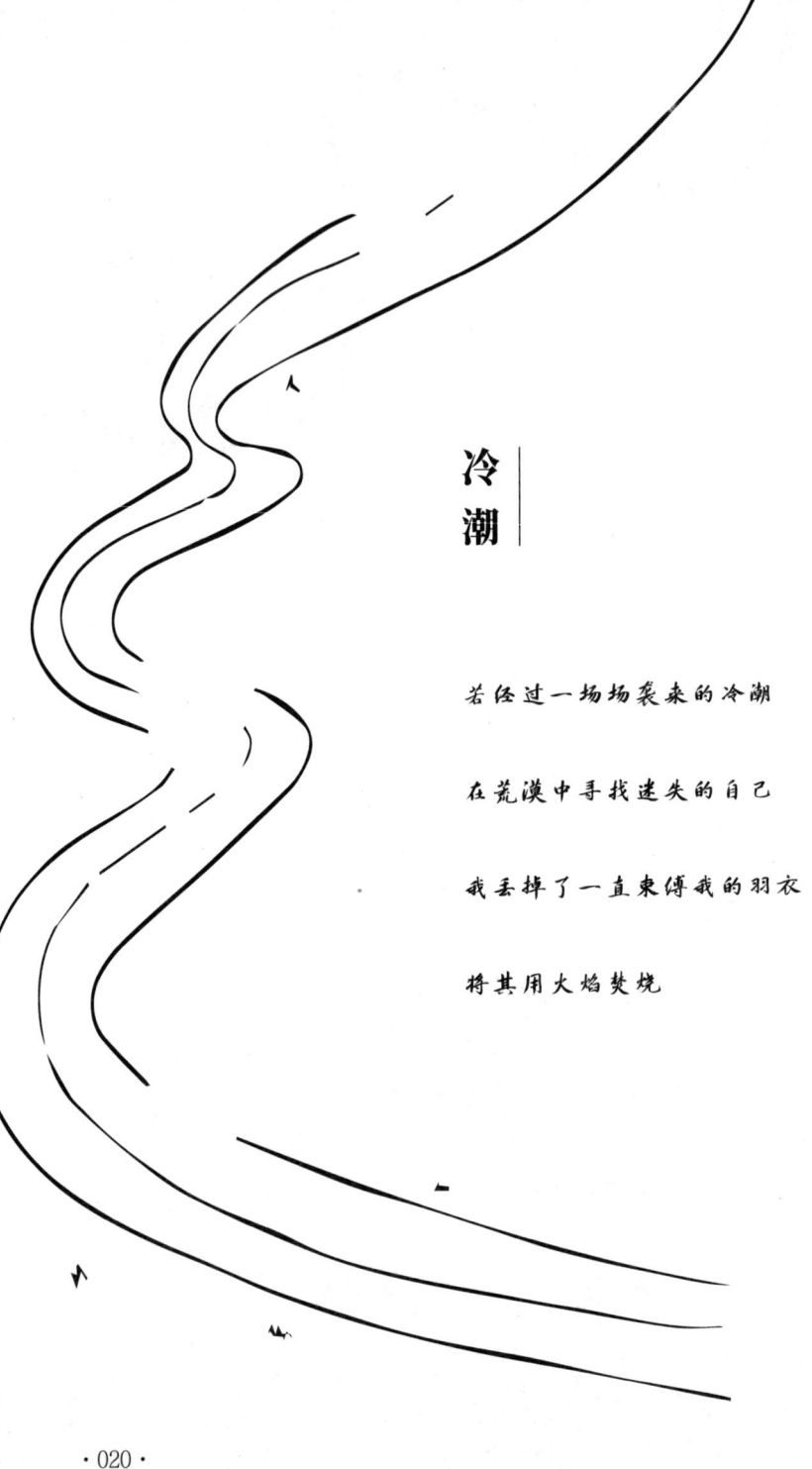

溺水

像只木偶一样麻木地活着

不安将其操控

我犹如溺水的腐木

找寻上岸的方向

如若生命只剩一秒

哪怕是碎成这无数片木屑

也唯有那奔向自由星海的愿望

悄悄话

我想

当我死后

我的意识会变为粒子吗

会变成你抬眼看到的晚霞吗

若能为你带来一点点希望与光

那便是我对你说的悄悄话

新舟

未来是无序的章节

主角是谁 谁也不必知道

我只能一圈一圈地奔跑

让脚下踩满阳光的味道

新的船需要泪水来浇灌

这条船驶向何方我并不知晓

只知主色是化作感叹号的红色

新希望

如果世界不复光亮

怎样去寻找新希望

散落在生命中的星光

何时能变成火花 照亮前行的方向

我该如何去找到新希望

这岁月的流火啊

何时能搭成坚固的大桥

让流亡与苦难

不再成为此生该有的遗憾

如果世界不复光亮

怎样去寻找新希望

时间会给我们希望

不要让爱失去方向

等待

正如所厌恶的无法逃离的命运

我想溺在每一口我正在呼吸的空气里

去等待下一个黎明的来临

盼

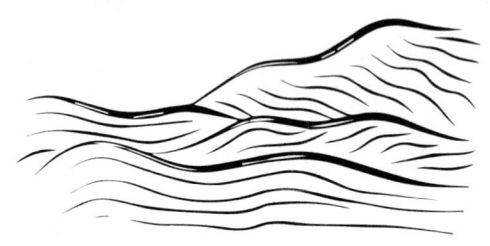

昨日你是冰冷的雪

我是南飞的雁

在云朵间盼望

留下岁月的光

昨日你是透明的烟

我是不停止的忧伤

在夜里静静流淌

一瞬一念

全是空想

这全部的怅惘

留给昨日的时光

不再回想

抓不住

我不会写爱

爱对我来说是假象

我抓不住你

就如同我抓不住风

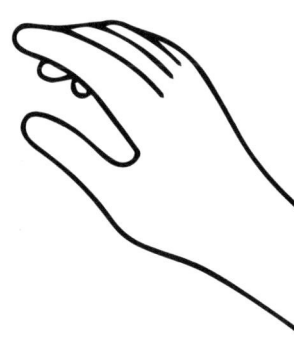

酒精过敏

想念是一根弦

它拨动在夜与夜之间

只有我这种偏执的精神患者

如同燃烧的火焰

我不想喝酒

今天是酒精过敏的一天

触

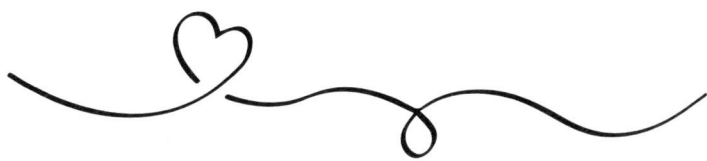

月光打碎了梦境

所有心动都藏在短暂的时间里

打碎曾被触动过的心

揉进那漫长的银河中去

告别是一场深深的回忆

反复跌进

心的阴影

味道

云幻成烟草

夏夜燃起火焰

我看不见的空气里

全是想念你的味道

秘密

我擅长隐忍

不开心

一万次小心

总有不知名的坏情绪

我远离人群

讨厌嘈杂的声音

我厌恶人类的来来去去

拥有喜欢或者不喜欢的东西

嗨

我想带你逃离宇宙

这是我星球的秘密

游戏

在心的旷野上

人间不过是一万场虚无的游戏

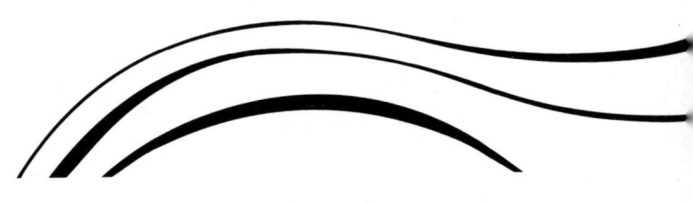

敲碎

我的心上一直筑着一道厚厚的屏障

与世界有隔阂

可是你呀

你非要凿一个小洞

让它透进光

最后再不告而别

我的心永远都会留下一个缺口

而你却不会再停留

走过

你不只是走过了一段岁月

你是走过了一大段悲伤

走过了那段不成熟的漫长时光

梦境

如果有可能的话

希望可以在下一次日落之前

变成蒲公英　尽情地飞舞

艺术

如果说艺术的内核是悲伤

那是不是我的悲伤早已汇聚成海洋

漫长的等待里

等待那场山火陨石的爆发

往往又是日落的怅惘

也许唯有时光

告诉我真正的方向

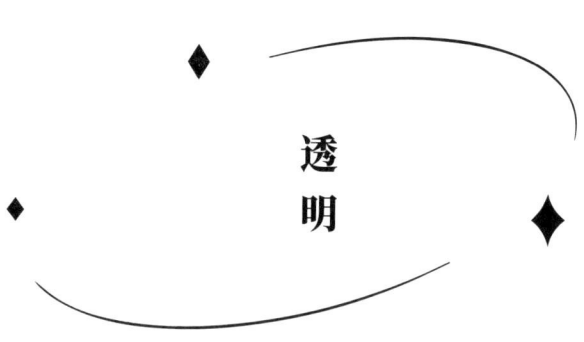

透明

暗夜　　星火　　坠落

宇宙　　湮灭　　静默

属于我

打碎我

独属于我

稻

当一粒粒种子埋入生命的泥土

用汗水浇灌它的萌发

我恋慕着来年的它 燃成金色的火花

浪漫

我用一百场梦境去思念

再用一百场梦境将你忘怀

你是我第一百零一次的 特别的浪漫

元素

元素藏在路灯的微弱灯光里

在夜晚化作繁星 带来光明

深夜有动物去找寻

是偶尔传入耳中的讯息吗?

我站在窗前胡乱思考

生命啊

你是否是一种元素

你是路灯和月亮的交替者

生命

如果生命是一个不停进化的细胞

我看见它不断毁灭又重新生长

它丢掉了自我　如同蝴蝶带来飓风

在苦难的泥沼里欢唱着喜悦的歌谣

把蜕下的肌体当作成长的养分

什么是生命啊

它是更新的过程

双相情感障碍

我在坐过山车的山巅看到无意义的风景

又被闪电劈到抑郁的深渊

在反复交替的感觉中来回切换

他们说这是双相情感障碍

我说是整个世界都疯了

抑郁症

月光到不了紧闭的心房

黑暗里也不会有人歌唱

熟知你的那些所谓的朋友只想快快远离

你如同一个孤独患者

只会在床上与倦意共眠

谁来救救你

只有你才能打开这紧闭的门窗

焦虑症

我焦虑我的眼睛

我焦虑我的双脚

我焦虑我的大脑

我焦虑我被贴上和未被贴上的标签

我焦虑我所定义的自己

我焦虑我的焦虑是完美主义

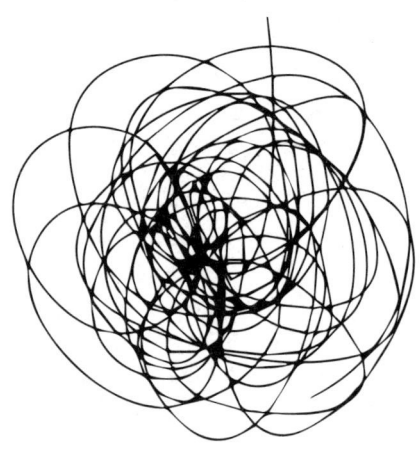

滴答答

滴答答

风带给遥远地方的讯息

一场暴雨即将来袭

滴答答

我好像听到了雨滴的拍打

丑恶重新生长净化

月亮

那温柔的姑娘

透过窗户闯入我的心房

即使隔着厚厚的玻璃 仍带走了绝望

远处的炊烟徐徐升起

不断弥漫 如同轻飘飘的蒲公英飞翔

月亮 你是多么温柔的姑娘

高高地 高高地

立在我到不了的天上

抗拒

多少个规则想要将我捆住

他们说你是不属于白天的黑夜

你是在光与暗之间来回跳动的抗拒者

抗拒着这原有的本身

无数颗繁星滴下泪水

汇聚成一条条代表希望的河流

丑恶沉寂在平静的湖面之下

我抗拒着

我是抗拒者本身

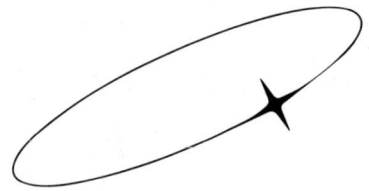

造梦者

为梦披上粉色的丝绸

让星星长出四肢跳跃

种上一棵棵常绿的大树

我要选址在离月光最近的地方

让每一处都被照耀

放一首舒服的曲子

躺在两棵树间的摇椅上

风带来了它的问侯

连云也害羞地闭上了眼睛

繁花缓缓盛开　美丽多姿

连虫子也在小声地打趣

在最美的夜里

创造一场又一场不可思议的梦境

梦在垃圾场的角落

将梦的所有压缩成记忆

点缀成熠熠星光

月华铺在梦上

从梦的碎语开始

再揉成小小的一团

包裹成泪水的伪装

丢吧

丢进垃圾桶

让车子运它到城市的每一个角落里

熟悉

我似乎曾在哪里见过你

在朦胧的梦里

在昨夜的风里

在今早的记忆

我多想再次遇见你

然而

所有的遐思

都编织到了岁月的歌里

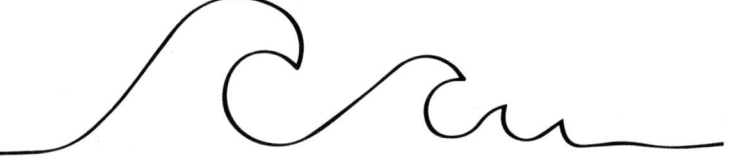

蓝图

从天上剪下一朵云

倾斜进城市的河里

从书海抽取一枚简

播散希望的福音

城市仍在付出微小的努力

去构建一个貌似无可能的蓝图

诞生

在期待或不期待中诞下

在喧闹或安静的环境中诞下

伴随而来的

都只有一声响亮的啼哭

抑或是无感觉的本能

人啊

在诞生时并没有什么不同

请爱我

潮湿的雪地留下一个一个脚印

我沿着脚印向前走去

想象已久的春天陷入阻力

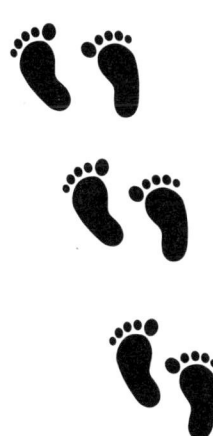

逃离

窗外传来嘈杂声

块状的冰雪停留在草木枯萎的地面

自由的大花在窗外点燃

你站在是你的又不是你的空间

窗外万物皆动

声音在自由前面

你一次又一次向着自由的大花奔去

我要我的房间

这是独属于我的空间

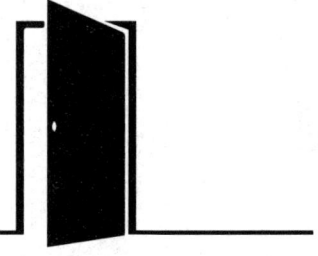

凝聚

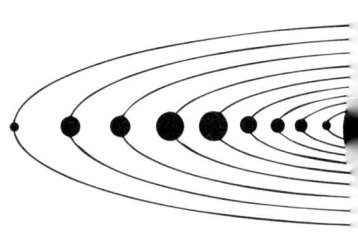

星星凝聚了夜空

窗外的蝴蝶扇动翅膀

就像睫毛在眼睛上扑闪

光亮因为凝聚而显得耀眼

你是我不能失去的眼睛

我失去了这次盛大的逃亡

我一步一步走向自由的殿堂

失去了可以说话的嗓子

没有人会跟我打招呼

面具底下的我阴暗又沧桑

云层被隐藏到看不见的遮光板外

我失去了这次盛大的逃亡

梦想

你是我衣服上不曾镶嵌的一颗钻石

一次次在人群中穿行

掩饰自己的荒凉

我好像在遥远的沙漠遇见过你

那时你是我生命中的最后一口水源

你是心灵生机的象征

我将你倒入那不曾有人踏入过的孤岛

梦想啊

我那从远方的风铃声中传来的告白

数字

1 2 3

数字是每一刻被穿引的针线

规律的排列在宇宙的奥秘之中

那穿针引线的手

也许是来自宇宙智慧的火花

4 5 6

平庸

平庸是思考者懦弱的游戏

平庸是怠惰者愚蠢的休息

卓越是平庸者无法企及的天赋异禀

天才在发疯中重生

在一次又一次的悲痛中获取前行的勇气

种月亮

月亮幽冷地悬挂在高空

种子在每个人的手上

他们说月亮离得太远

殊不知月亮就在自己的手上

炽热

春的奔放延续到了夏的狂热

夏的使命召唤到秋的生机勃勃

秋的浪漫让冬谨记来年复苏的使命

炽热藏在每一刻

每一个季节

在生命毁灭与重生的每一个瞬间里

流浪

地上的火炬终究汇成天上的星海

流浪是歌者进行的一场咏唱

是不同种族 肤色的一次畅想

我们的世界有朝阳　晚霞和微风

路灯明亮

诗人

爱与恨同样

都是一场冰天雪地

我们明明要的是心中的模样

却失去了自由的翅膀

诗人

不过是书写这一场场爱恨情仇的文盲

悲泣

云朵给予了大地生命

日昼的气息扑面来袭

眼泪不会升腾于大地

这是第二首交响曲

墓志铭

如果我的生命在风中散去

我一定不会留下任何的墓志铭

来彰显我生前的个人主义

甚至和你联系孤寂的心灵

来者啊

若你有心

请你给我一个

柔到不能再柔的轻吻

孤独

我一个人在寂寞的游戏里

你非要闯入我的世界

两个孤独的人紧紧相拥

也不过是完成一场对立砌墙的拥抱

弧度

我热爱风筝留在天空的轨迹

往里面加入透明的泡泡

必然是一道透明的轨迹

若生命也能留下寂寞的痕迹

我想　透明都将变成彩色

纯粹

玻璃将伤口割出鲜血

旋律在脑海里滚烫回荡

纯粹在虚无之境徘徊

我想要的二元世界

需要生者坚强

离开

离开

我像撕掉包装 清除背影 将你抽离

离开

却需要重新切碎自己的勇气

是像泡泡一样不可触摸

离开

我那难以忘怀却仿若生命的梦中情人

未知

在现实与虚拟之间造梦

将浪漫与优雅填满恐惧

未知一个人的迷失

在黑夜里尽情地享受哭泣

未知

站在我心灵的谷底

比生命还珍贵的

是否有太多比生命还珍贵的

也许是我对你许下的一万次承诺

如果我化作一棵不会长叶的树

从土壤底下汲取的养分就是我的营养

那是我比生命还珍贵的心脏

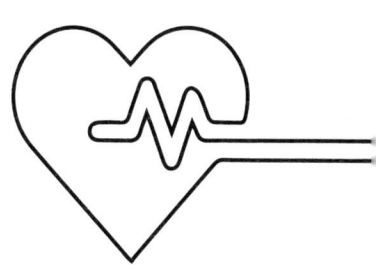

祈祷

我所有的好运

不过是无穷次努力的祷告

我坚信

祈祷是永不停歇的号角

它能够在我无数次的生命至暗时刻

化作我拯救自己的表达方式

水母

阴暗的海水将我紧紧包围

我渐渐失去眼睛

只能用心去呼吸

你说这是一场没有意义的旅程

可是

若有选择

我仍然会选择

做一只无意识　在海域里面自由摇摆的水母

这是我唯一的　自由听到风与水之声的方式

净土

我苦苦追寻的琉璃净土

不过是一场关于爱的方向

是宁静大海停歇了咆哮

是无际草原唱的一首牧歌

是我每时每刻吸进的空气

如果真的有光

心形的星星将是黑夜的点缀

光明之花盛开

一朵朵明亮的月亮花从深渊中走来

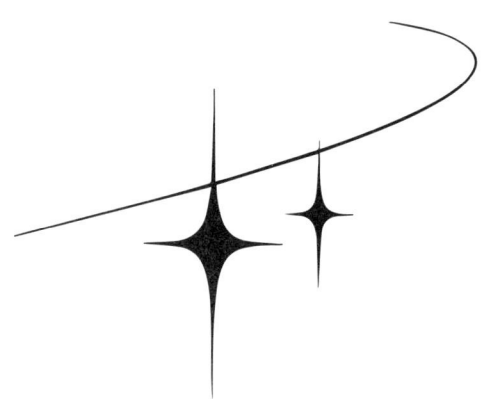

猫咪

何必睁开全部的眼睛

你只需要亮一亮眼里的光

在我的小被子上走来走去

傲娇地踩踩奶

就带走了我全部的　心甘情愿的臣服

狗狗

正如你每次要咬我的裤脚　向不明的地方走去

恨不得将纸撕碎　撒向全世界

愚蠢的人类总是那么难以沟通

我也时常搞不懂你发疯般摇晃脑袋时

需要发疯的心情到底是什么

轮椅

身后的人换了一批又一批

我并不想说话

我只想听岁月滚动的声音

然后数着叶子老去

落叶

落叶是思念的信使

在时光的长河中干枯成灰

却飘散于天地

落叶是新生的奠基

在一轮轮复生中反复体味生命

藏秘密

干净的心事只想写入风里

风将秘密写进每一棵树的纹理

纹理上刻满了岁月的痕迹

最后将秘密藏于云里　和那个微笑的年轻人的眼里

滚烫的年轻人

头上顶的是冰雪

滚烫的理想却时刻发烫

少年

是

拿着气泡水

阳光下傻傻微笑的少年

隔代

我们有无法抗拒的血缘关系

隔代

我们与哭泣的距离隔了一座孤零零的远山

那不是一场暴雨

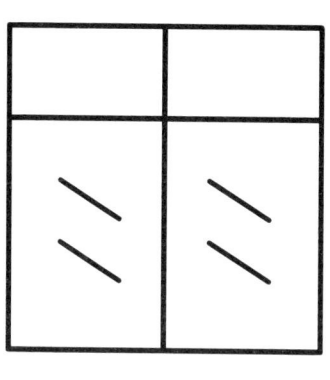

窗棂外雨滴纷飞

有的透过缝隙流入

雨的味道搀杂着泥土的芬芳

想让雨雾继续弥漫

我就可以在窗户上画一颗爱心

那不是一场暴雨

是我与窗心的触动

牵手

心脏在我的胸腔里抑制不住地跳动

在各种表白的语言里欢愉

到底该用什么样的措辞对你述说

一生一世是一双人的潇洒

我悄悄牵起你的手

在那一瞬间我就许下了永远的承诺

星海

无数颗星星组成了过去与未来

就像画笔泼洒出的月光点点

光是使命的象征

那是我亲密的伙伴

我爱夜空

是繁星吟游的召唤

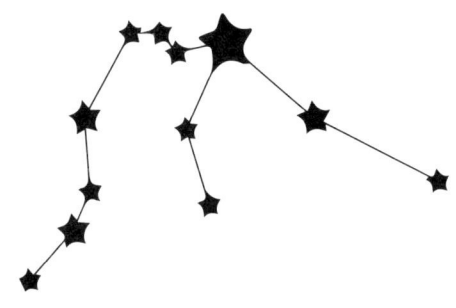

回归

月色驱赶不了一颗摇滚的心

与生命同样宝贵的东西实在太多

我只需要平静呼吸

在黑暗里 在光明里

反反复复唱着歌

梦的那些东西

不过是回归我生命的源头而已

摇滚

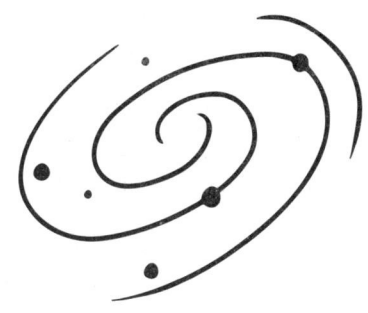

流言

我在流言里像条鱼儿在游泳

悲伤的　快乐的

一点点　一滴滴　将我吞没

何必去在意

我只知道我在尽情游泳而已

流言是搞笑的杀器

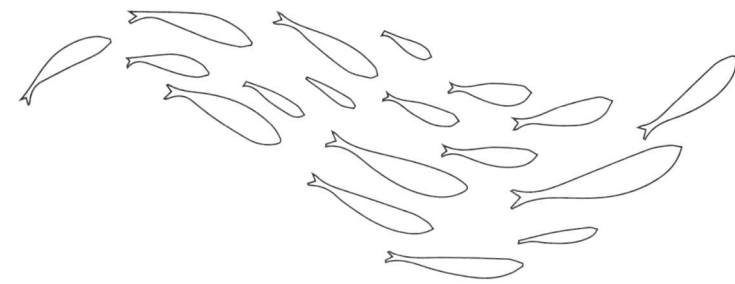

告诉我

等待一场没有预期的风来

等待一场没时间的黎明的到来

等待一场审判心灵的忧惧

告诉我

我到底是不是一个精神患者

告诉我

比起患者我是不是更加孤独

到底需要折磨多少次

星星才会满天闪烁

告诉我

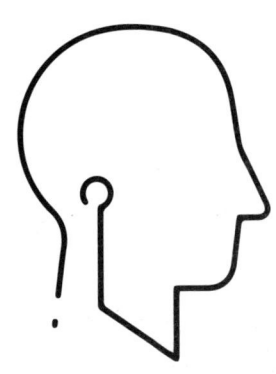

独自离开

爱情是在悬崖上散步

也没有金鱼姬公主

用温暖将你心上的坚冰融化

是我对一场爱情浪漫告白的情书

这次

如果你不爱我

就让我独自离开

遗憾

遗憾

是藏在心里的一根根贸然生长的刺

就如我还记得儿童时代那棵陪伴我多年的芭蕉树

无常是生命的哲理

可总是想一次又一次地说你好 再见

少女

少女啊

你是冰上的纯白却包裹着一颗炽热的心

你是挂在别人心上

年少时一场害羞的梦

你那洁白的牙齿

珍珠般的眼睛

是来自梦的逃离

少年

少年的温柔总藏在细致的行动中

是潮湿 温暖与懵懂

青涩不应是少年人不成熟的 糟糕的稚嫩

而是珍贵的礼物

一份上天赐予青春的礼物

如果时光有颜色

我不想为时光下一些五彩斑斓的定义

它在虚无中流淌

来自源头水域的温柔

它的颜色我想象不出

我想多是奇妙

像冰雪一样清透

背景音乐

平凡的人也历经风月

风月构成了一个个独特的故事

每个人都是自己故事的主角

吉他弹唱出每个不知名旅人的故事

平凡人的专属的背景音乐

脆弱

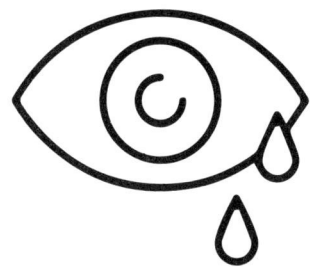

脆弱只要与眼泪挂钩就像犯了罪

殊不知

更多的泪在心里流到支离破碎

残酷的社会

只让我学会了不能在别人面前掉眼泪

渡鸦

枯黄的枝叶交叠栉比

在缝隙之间等待光的来袭

若可选择澄净的心灵

以此来抵抗黑暗的侵袭

渡鸦

若你来时

是否因为深切的绝望而高亢地鸣叫

是不是双脚满是伤痕?

坚强

坚强往往都是社会给的标准

他们说要坚强

我不敢绝望

我套上一层层递进的面具

生怕别人看出面具底下的伪装

殊不知

我为了这所谓的坚强

遗忘了疼痛的　百孔千疮的伤

被定义成疯子

孤独者的奏鸣是贝多芬的交响曲

那首 写给命运

凡·高的星空被螺旋成怪异和扭曲

不够向上奔腾

更不会向下翻涌

找不到自己定位的人 最终被定义成疯子

无法定义

你是奇怪的代名词

却又是可爱的主旋律

你在命运里面反复挣扎

绝望与希望在情绪里各种交替

自己拯救自己

无数次期盼奇迹的来临

无法定义的当下的你

自己

绝望与希望在狂热交替

情绪都是生活的宝藏或垃圾

我讨厌被定义的和定义不了的自己

我是一个孤独患者

对我孤独至极的二十五岁哭泣

我从深渊走出

踏碎虚空来拯救你

双脚踩满了玻璃

手里拿着我用鲜血淋满的荆棘

化成玫瑰拥抱你

编织

河流将恐惧植入睡眠

我将梦编织到歌里

无时无刻咬着牙发出畅想

那必然由慈悲将其吟唱

我将梦一个一个组成

那是希望的力量

编织

如果我真的有力量

我将燃烧我的翅膀

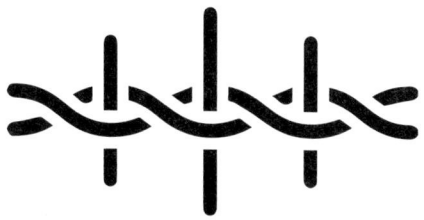